AF197388

Birgit Gebert-Schwarm

Im Wappen dahoam

Die fabelhafte Geschichte

der Bayerischen Löwen

© 2023 Birgit Gebert-Schwarm
1. Auflage 2023

Autorin: Birgit Gebert-Schwarm
Umschlaggestaltung: MDesign Grabenstätt
Umschlagabbildung: Daiki Ishi – stock.adobe.com, Nr. 557390870
Abbildungen auf Innenseiten: iStock by Getty Images

Druck und Distribution im Auftrag der Autorin:
tredition GmbH, An der Strusbek 10, 22926 Ahrensburg
ISBN: 978-3-347-81900-9 (Softcover)
ISBN: 978-3-347-81909-2 (E-Book)

Das Werk, einschließlich seiner Teile, ist urheberrechtlich
geschützt. Für die Inhalte ist die Autorin verantwortlich.
Jede Verwertung ist ohne ihre Zustimmung unzulässig.

Alle hier namentlich genannten Personen gab es wirklich.

Andere Charaktere haben lebende Pendants,
mit denen sie aber nicht zwangsläufig identisch sind.

Ähnlichkeiten und Namensgleichheiten mit lebenden oder toten
Löwen wären dagegen zufällig und unbeabsichtigt.

Dass sich die Wege der Menschen und Löwen in diesem
Buch tatsächlich kreuzten, ist historisch nicht belegbar
und gehört ins Reich der Fabeln.

Alle in dieser Geschichte eventuell zu findenden Fehler
sind menschlicher Natur und daher allein die der Autorin.

Die Schreibweise des boarischen Dialekts ist jedoch frei,
so frei, wie die Löwen in Afrika es gerne wären.

Für meinen Papa,

der eine Löwin aus mir machte,

als Sternzeichen und im Leben.

Solange er lebte, lehrte er mich,

dass es die Wörter sind,

die der Fantasie Flügel verleihen

und dass es manchmal Löwenmut braucht,

um sie auf einem Blatt Papier einzufangen.

Nun habe ich einen Stift und mein Löwinnenherz in die

Hand genommen - und er hätte die Geschichte sicher

mit großem Vergnügen verschlungen.

Inhalt

Steckbrief „Löwe"(2)

Klasse:	Säugetiere (Mammalia)
Ordnung:	Raubtiere (Carnivora)
Familie:	Katzen (Felidae)
Gattung:	Eigentliche Großkatzen (Panthera)
Art:	Löwe
Wissenschaftlicher Name:	Panthera leo (LINNAEUS, 1758)

Größe:	1,50 - 2,30 m
Gewicht:	100 - 240 kg
Alter:	10 - 15 Jahre
Geschlechtsdimorphismus:	ja
Schlaf-Wach-Rhythmus:	dämmerungsaktiv
Sozialverhalten:	Rudeltier

Ursprüngliche Herkunft:	Afrika
Natürliche Feinde:	keine, nur der Mensch
Vom Aussterben bedroht:	ja

Das Ende der Nacht schlich sich heran, wie ein Räuber an seine Beute. Höher und höher stieg die Sonne über den Horizont und malte alle möglichen Rottöne an den afrikanischen Morgenhimmel. „Wie wunderschön kitschig", dachte der Jäger im Hintergrund.

Der Jäger im Vordergrund dachte nicht. Er verließ sich lieber auf seinen Instinkt. Das Zirpen der Grillen und das entspannte Schnauben der Pflanzenfresser verrieten ihm, dass seine Anwesenheit noch nicht bemerkt worden war. Lautlos saß er im hohen Gras. Er war ein Einzelgänger und er hatte Hunger. Vor ihm weidete friedlich eine Herde Zebras. Eines der Tiere hatte sich am Bein verletzt und humpelte. Es würde ganz leicht sein, es von den anderen zu trennen. Der Wind wehte ihm entgegen, die Beute würde ihn also nicht wittern können. Er duckte sich ganz tief und spannte seine Muskeln an. Gleich würde es um das gestreifte Huftier geschehen sein, denn nichts vermochte seinen Erfolg noch aufzuhalten. Nichts, außer dem stechenden Schmerz, der ihn plötzlich mitten im Sprung durchzuckte. Er gab ein kurzes, überraschtes Gebrüll von sich, landete etwas unsanft auf dem Boden und versuchte den langen Dorn aus seinem Fell zu ziehen. Wo war dieser hergekommen? Suchend blickte er sich um, doch vor seinen Augen verschwamm seine Umwelt immer mehr. Er taumelte, strauchelte und blieb schließlich erschöpft liegen. Er hörte gerade noch, wie die Zebras mit donnernden Hufen die Flucht ergriffen. Seine Mahlzeit entkam und würde nun einem anderen Räuber das Überleben sichern. Kaum hatte er das gedacht, da umfing ihn auch schon eine samtpfotige, gnädige Dunkelheit. „Was für ein Prachtkerl", murmelte der Jäger aus dem Hintergrund, als er sein Blasrohr wieder schulterte und den Pfeil aus seiner Beute herauszog. Auch für ihn war der Wind aus einer günstigen Richtung gekommen. Bis zum Schluss hatte ihn der Löwe nicht bemerkt. Und nun war es dafür zu spät. „Ich nenne dich Marlec", sagte der Mann. Das war ein afrikanischer Name und er erschien ihm passend, denn er bedeutete „Der König". Sein Auftraggeber würde eine stattliche Summe für dieses majestätische Exemplar bezahlen. Wie beabsichtigt hatte das Gift die Raubkatze nicht getötet, sondern nur betäubt. Bereits wenige Stunden später wachte sie in einem engen Käfig an Bord eines schaukelnden Schiffes wieder auf. Zusammen mit weiteren Artgenossen befand sich Marlec, einstmals der König der Savanne, nun auf einer Reise in eine unbekannte Zukunft und seine Heimat sollte er nie wiedersehen.

In seiner neuen Heimat dagegen sollten ihn nun viele Leute sehen, denn er diente als das größte Landraubtier Afrikas schon sehr bald einem Wanderzirkus als lebendiges Ausstellungsstück. Hätte der Zirkusdirektor schreiben können, wäre außen am Käfig „Felis Leo" auf einem Schild gestanden. Dies war der lateinische Name für „Löwenkatze", lange Zeit bevor der schwedische Botaniker Carl von Linné diese in seiner binären Nomenklatur in „Panthera leo" (4) umbenennen sollte. Aber der Direktor war Analphabet, ebenso wie fast alle anderen Menschen seiner Zeit. Es hätte also kaum jemanden gegeben, der das Schild hätte lesen können. Daher störte sein Fehlen nicht, ebenso wenig wie das Fehlen einer annähernd natürlichen Haltung in großen Gehegen. Was artgerecht war, wussten die Leute noch nicht. Wie auch? Außer den Jägern war nie jemand nach Afrika gereist, um diese Tiere in freier Wildbahn zu beobachten. Man hatte noch nicht gehört, dass Löwen gerne auf Bäume klettern, um sich in Astgabeln auszuruhen. Man ahnte nicht, dass Löwen soziale Tiere sind, die in streng hierarchischen Rudeln leben, die aus untereinander verwandten Weibchen und deren Nachkommen bestehen, die von einem oder wenigen ausgewachsenen Männchen verteidigt werden. Nicht im Ansatz stellte man sich vor, dass das Revier eines Löwenrudels 20 bis 400 Quadratkilometer umfassen kann. Kein Dompteur hatte seine Löwen je bei der Jagd auf Antilopen, Gazellen, Gnus, Büffel oder Zebras in Aktion gesehen. So wusste man auch nichts von gemeinsamen Jagdstrategien und dem für den Jagderfolg nötigen Anpirschverhalten. Stattdessen bewunderte man lieber heimlich den Abenteuergeist und den Mut der menschlichen Jäger, die bei der Jagd auf dieses Tier fern der Heimat ihr Leben riskierten. Besonders die Männchen mit ihrer langen Mähne und ihrem lauten, kilometerweit hörbaren Gebrüll hatten es den Besuchern angetan. Dass es sich hierbei um den König der Tiere handeln sollte, wollte man gerne glauben. Dagegen spielte es in den Überlegungen der Leute damals noch keine Rolle, ob diese „Löwenkatzen" sich wohl in ihrem Fell fühlten.

Ich fühle mich gerade sehr wohl in meinem Fell, das ihre kalte, große Hand sanft krault. Schnurrend genieße ich das Gefühl dieser freundlichen Berührung. Denn obwohl mich mein Frauchen über alles liebt, kommt so eine nette Streicheleinheit nur äußerst selten vor, so selten wie Weihnachten und Ostern gemeinsam auf einen Tag fallen. Mein Frauchen ist riesige 18,52 Meter groß, über 87 Tonnen schwer und ebenso wie ich aus Bronze. Unter solch einer starren Haut ist jede Art von Bewegung nahezu unmöglich. Das schweißt uns im wahrsten Sinne des Wortes noch mehr zusammen. Wir wohnen auf einem steinernen Sockel hoch über der bayerischen Landeshauptstadt München. Hinter uns befindet sich die Ruhmeshalle und vor uns die Theresienwiese. Letztere hat ihren Namen zu Ehren von Prinzessin Therese von Sachsen-Hildburghausen. Sie war die Braut des bairischen Königs Ludwig I., zu dessen Hochzeit am 17.10.1810 das allererste Oktoberfest stattfand, das von den Einheimischen bis heute einfach und liebevoll „d`Wiesn" genannt wird. Gerne beobachten wir jedes Jahr die ausgelassene Stimmung in den Fahrgeschäften und Bierzelten auf dem größten Volksfest der Welt. Noch nie ist uns das langweilig geworden. Und doch tun wir das schon seit über 170 Jahren. Denn 1850 wurden wir feierlich dem bayerischen Volk vorgestellt. Seit damals ist die Bavaria nun schon die Schutzpatronin Bayerns und ich bin Bazi, ihr Löwe.

Die Verantwortung für ein Land ist zwar ganz schön, aber meistens auch ganz schön anstrengend. Daher ist die Bavaria froh, dass sie mich immer an ihrer Seite hat. Und jetzt bin ich gespannt, warum sie mich aus meiner Erstarrung erlöst hat. Es muss etwas ganz Besonderes passiert sein oder etwas ganz besonders Schlimmes. Da höre ich sie auch schon raunen: „Wach auf, Bazi! Das Lebendige Rudel braucht deine Hilfe!" „Na, danke!", denke ich. „Das kann ja heiter werden!" Aber wenn das Lebendige Rudel nach mir ruft, wird es meistens nicht heiter, sondern ziemlich turbulent, soviel ist mir sofort klar.

Aber ich will nicht jammern. Ich will dir, liebe Leserin oder lieber Leser, die Geschichte besser von Anfang an und der Reihe nach erzählen.

Verzeih mir, dass ich dich dabei im Folgenden duze, aber bei uns Löwen gibt es kein „Sie", so wie bei vielen Bayerinnen und Bayern untereinander und ab 1000 Höhenmetern auch nicht.

Meine Ausführungen erfolgen nach bestem Wissen und Gewissen, denn die Geschichte ist sehr alt und wird schon seit langem in meiner Familie von Generation zu Generation weitererzählt. Wahrscheinlich haben sich dabei unterwegs Fehler eingeschlichen, für die ich nichts kann.

Nachdem sich Wahrheit und Fantasie gar nicht so selten vermischen, ist das Wort „Geschichte" deshalb möglicherweise inzwischen doppeldeutig.

Die Geschichte meiner Vorfahren in Baiern begann also vor fast 800 Jahren. Damals gab es viele Dinge, die für dich heute selbstverständlich sind, noch nicht. Statt mit Autos fuhren die Menschen damals mit der Kutsche und die hatte nur genauso viele Pferdestärken wie Pferde vorgespannt waren. Da es noch kein Telefon gab, konnten die Leute sich nur dann unterhalten, wenn sie sich tatsächlich begegneten. Anstatt Jeans und Schlabber-T-Shirt trug man Lederhose und Leinenhemd. Und obwohl die Menschen noch keinen Fernseher hatten, schauten sie dennoch gerne in die Ferne, nämlich in die Weite der Landschaft. Dort gab es im Baiern des Hochmittelalters übrigens bereits die gleichen Berge wie heute zu sehen und dazu noch viel mehr Wälder, Wiesen und Felder und viel weniger Häuser, vor allem keine Hochhäuser. Ich würde dir jetzt gerne ein paar Fotos davon zeigen. Aber das kann ich leider nicht, denn der Fotoapparat war damals noch lange nicht erfunden. Daher gab es auch keine Fotografen. Aber Grafen, die gab es. Der größte Graf für mich und meine Artgenossen war Otto (später Herzog Otto II.), obwohl der damals noch ganz klein war. Denn irgendwann, noch vor 1214, begegnete irgendwo der noch nicht einmal fünfjährige Otto meinem Urururur... (ich weiß nicht wie viele Ur) ...großvater Marlec. Ottos Vater war Ludwig I. und trug den Beinamen „der Kelheimer". Er gehörte der Familie der Wittelsbacher an und war damals Herzog in Baiern.

An diesem schicksalhaften Tag hatte er seinen Sohn zu einem Wanderzirkus mitgenommen. Dort saßen riesige Katzen in winzigen Käfigen und fristeten ein trostloses Dasein.

Marlecs Wille jedoch war ungebrochen. Unermüdlich rannte er in seinem Käfig hin und her, schüttelte wild entschlossen seine Mähne und stieß ein markerschütterndes Gebrüll aus. Zu gerne hätte er damit das kleine Kind, das da glotzend vor seinem Gefängnis stand, zu Tode erschrecken wollen. Doch Otto zeigte keine Angst. Er war vielmehr völlig fasziniert von der Pracht dieses Tieres und von der Kraft, die von ihm ausging. Noch nie in seinem Leben hatte er einen Löwen gesehen und nie mehr würde er das goldschimmernde Fell, die gewaltigen Reißzähne und die raumgreifenden Schritte der mächtigen Pranken vergessen.

„Servus, Löwe!", flüsterte der Bub und schaute dem Tier tief in die Augen mit der schmalen, senkrechten Pupille. „Ah, er meint Jambo", dachte das Raubtier und starrte zurück.

Von diesem Moment an verwoben sich die Schicksale von Otto und Marlec und ihrer beider Nachfahren für immer.

Und so ist es nun mein Schicksal, dass ich auch noch im 21. Jahrhundert auf leisen Sohlen durch die nächtlichen Straßen der Landeshauptstadt schleiche. Eigentlich könnte ich genauso gut mehr Radau machen, das würde keiner merken. Denn in einer Stadt wie München ist es niemals still. Immer brummen, summen, quietschen, klingeln und hupen irgendwelche Fahrzeuge. Ein trampelnder Löwe würde da nicht auffallen. Und so lasse ich die Schwanthaler Straße hinter mir, biege in die Sonnenstraße ein und trabe dann durch das aus dem 14. Jahrhundert stammende Sendlinger Tor in Richtung Viktualienmarkt. Während ich dort an den unzähligen geschlossenen Verkaufsständen vorbeischlendere, wundere ich mich einmal mehr darüber, dass aus einem simplen Bauernmarkt mittlerweile ein weltbekanntes Feinschmeckerparadies geworden ist, auf dem längst nicht mehr nur bayerische Schmankerl, sondern inzwischen auch exotische Leckereien feilgeboten werden. Die Standlverkäufer sind zünftige Leute und jedes Jahr am Faschingsdienstag führen die Marktweiber zur Freude der Besucher in bunten Kostümen und mit narrischem Vergnügen zehn Tänze vor. Am Pferdemetzger vorbei zieht mich der Weg hin zum Hofbräuhaus – ich träume kurz von einer Maß Bier mit einem schönen weißen Schaum oben drauf – und laufe durstig zum Alten Peter weiter. So heißt der Turm der ältesten Pfarrkirche Münchens, den man über ungefähr 300 Treppenstufen erklimmen kann.

Oben, in 56 Metern Höhe, hängt einem dann vielleicht die Zunge raus, dafür wird man aber mit einem atemberaubenden Blick über die Dächer der Altstadt und auf die Türme der Frauenkirche belohnt, die das Wahrzeichen der Stadt München sind. Die gotische Dom- und Stadtpfarrkirche heißt offiziell „Zu Unserer Lieben Frau", stammt aus dem 15. Jahrhundert und ist heute der Sitz des Erzbischofs von München und Freising. Auch der Teufel soll sie schon besucht haben, zumindest sieht man im Eingangsbereich der Kirche angeblich seinen Fußabdruck. Der 98,45 Meter hohe Südturm ist für Besucher zugänglich. Bei Föhnwind kann man von hier sogar bis zu den Alpen sehen. Auf dem tagsüber von den Touristen so reichlich frequentierten Marienplatz geht es nachts nicht gerade zu wie am Stachus. Niemand starrt um diese Zeit beim Rathausturm hinauf zum Glockenspiel mit dem Schäfflertanz und am Fischbrunnen waschen der Münchner Oberbürgermeister und der Stadtkämmerer das leere Stadtsäckel gerade auch nicht aus, um die Liquidität der Stadt auch weiterhin zu gewährleisten, zumal sie diese alte Tradition ja sowieso nur am Aschermittwoch pflegen. Der Alte Hof direkt hinter dem Rathaus ist wirklich alt und war früher durchaus bedeutend. Doch gerade herrscht hier gähnende Leere. Niemand bemerkt meine Anwesenheit - genauso wenig wie meine Abwesenheit. Denn dass mein Platz neben der Bavaria leer ist, fällt bestimmt keinem auf. Dazu müssten die Menschen nämlich besser hinschauen können. Viele haben zwar eine Brille auf der Nase, mehr sehen können sie damit jedoch leider auch nicht. Die meisten überblicken nur noch den eigenen Quadratmeter um sich herum. Andere starren wie hypnotisierte Kaninchen in ihre Handys. So manch einer kam durch diese neumodische Erfindung schon unter die Räder von Autos oder U-Bahnen. Und die sind nun doch wesentlich größer als ein Bronzelöwe, wenn er sich noch dazu so hoch über den Köpfen der Leute befindet. Nein, auch in dieser Nacht wird meine Abwesenheit auf dem Sockel nicht bemerkt werden, da bin ich sicher.

Sicher war sich auch Otto, als ihn der Vater fragte, ob er sich ein neues Wappentier vorstellen könnte. Auf dem Wappen der Pfalzgrafen von Baiern prangte ursprünglich ein Adler. Aber der König der Lüfte sollte nun Federn lassen. Ludwig I. war nicht nur Herzog von Baiern, sondern er hatte 1214 auch die Pfalzgrafschaft bei Rhein als Lehen erhalten. Dort war sein Sohn Otto zwei Jahre zuvor mit gerade einmal sechs Jahren mit der ebenfalls erst elfjährigen Agnes von der Pfalz verlobt worden. Ja, liebe Leserin oder lieber Leser, du hast ganz richtig gelesen. Damals herrschten noch ganz andere Sitten. Um Liebe ging es bei solchen Verbindungen natürlich nicht. Es ging um Landerhalt und Machtvermehrung. Die Ehen wurden von den Eltern arrangiert. Die Kinder wurden erst gar nicht nach ihrer Meinung gefragt. Und wenn du dich gerade fragst, ob Otto und Agnes nicht besser zur Schule hätten gehen sollen, so muss ich dir sagen, dass es so etwas wie eine Schulpflicht damals gar nicht gegeben hatte. Trotzdem war Otto sicherlich kein dummes Kind, zumal er womöglich Privatunterricht erhielt. Jedenfalls traf er bei der Wahl des neuen Wappentieres eine sehr kluge Entscheidung. Natürlich entschied er sich für einen Löwen, sogar für einen ganz bestimmten. Der Hofmaler musste extra den Zirkus ausfindig machen, in dem Marlec noch immer lebte. Das war damals ein sehr anstrengendes Unterfangen, denn ein Zirkus zog auch früher schon ständig von Ort zu Ort. Und da es ja weder Telefon, geschweige denn Internet gab, musste sich der Mann mühsam durchfragen. Aber irgendwann hatte er Marlec dann doch noch gefunden. Dieser sollte ihm Modell stehen. Doch dazu fehlte es dem Löwen völlig an Verständnis und Geduld. Er sträubte sich nach Kräften und drohte wild mit den Pranken. Als das nichts half, streckte er schließlich völlig entnervt seine raue Zunge heraus, so als wollte er sagen: „Leck mich am Allerwertesten!"

Grinsend begann der Maler seinen Pinsel zu schwingen. Am Ende zeigte das Bild einen goldenen Löwen mit weit herausgestreckter Zunge und roten Krallen vor einem schwarzen Hintergrund. Damit das Tier noch königlicher aussah, verpasste der Künstler ihm noch eine rote Krone. Ludwig war sehr zufrieden mit dem Werk. Auch Otto gefiel es. Er betrachtete das Bild lange und ausgiebig. Am Schluss hatte er sogar für einen Moment das Gefühl, dass der Löwe ihm zugezwinkert hätte.

Mit einem Augenzwinkern betrachte auch ich die Sache, denn sie hätte leicht ins Auge gehen können. Wappentiere gibt es über den ganzen Globus verstreut ja weiß Gott genug. Neben Fabelwesen wie Einhörnern und Drachen, kann man andernorts auch Salamander, Krokodile, Schildkröten, Ochsenfrösche, Schlangen, Pferde, Stiere, Milchkühe, Steinböcke, Bären, Adler, Eulen, einen Kondor, einen Kiwi und noch vieles mehr finden.

Nun stelle man sich nur vor, Otto hätte im Zirkus ein anderes afrikanisches Tier toll gefunden. Dann hätten wir in unserem bayerischen Wappen heute vielleicht einen Affen mit rotem Hintern, ein Huftier in einem gestreiften Schlafanzug oder einen Vogel, der seinen Kopf ständig in den Sand steckt. Vielleicht würde neben der Bavaria eine Hyäne sitzen und mit dämlichem Gesichtsausdruck auf die Bevölkerung herabschauen. Das fände vermutlich überhaupt niemand, außer der Hyäne, zum Totlachen.

Zum Glück für Marlec und unser Bayernland ist es so weit nicht gekommen. Der Löwe gilt bis heute als der König aller Landtiere. Die Bayerischen Löwen stehen sogar für „Klugheit, Gerechtigkeit, Stärke und Mäßigkeit"(5). Damit sind sie unseren Politikern auch heute noch ein Vorbild.

Das macht mich als Nachfahre natürlich sehr stolz.

Stolz wie Oskar war auch Marlec. Erst hatte er ja nicht in dieses Bild hineingewollt. Nun aber fand er es wunderbar. Am besten gefiel ihm jedoch das Wunder daran. Denn ab einem gewissen Tag, an dem Weihnachten und Ostern zum ersten Mal zusammenfielen, saß er plötzlich nicht mehr in einem stinkigen Käfig, sondern in einem edlen Rahmen. Und aus diesem konnte er jederzeit herausfallen, direkt auf den Boden der Tatsachen. Natürlich war er eher elegant herausgesprungen, denn auch eine Großkatze landet immer auf den Pfoten. In jedem unbeobachteten Moment nutzte Marlec seine neu gewonnene Freiheit. Immer weitere Streifzüge unternahm er. So entdeckte er eines Tages in einem kleinen Zoo, so etwas nannte man damals Menagerie, ein hinreißendes Löwenmädchen. Marlec verliebte sich unsterblich in sie und bald darauf wurden die beiden Eltern eines kleinen Sohnes. Sie nannten das Baby „Servus" nach dem Wort, das Otto Jahre zuvor als erstes zu Marlec gesagt hatte.

Otto war 1228 bereits seit Jahren verheiratet und alt genug um die Pfalzgrafschaft bei Rhein zu regieren. Das offizielle Wappen der Kurpfalz war nun ein goldener Löwe auf schwarzem Grund. Nur Otto und der Maler wussten, um welchen Löwen es sich dabei tatsächlich handelte. Und du, liebe Leserin oder lieber Leser, du weißt das nun auch.

So wird es auch keinen mehr wundern, dass 1229 erstmals auch ein Löwenwappen auf einem bairischen Herzogsiegel abgebildet war. Nach und nach übernahmen alle altbairischen und pfälzischen Linien der Wittelsbacher den Löwen in ihr Hoheitszeichen.

Als Ludwig I. 1231 in Kelheim einem Attentat zum Opfer fiel, wurde Otto II. auch noch Herzog von Baiern. Als solcher erbte er 1242 das weiß-blaue Rautenmuster der Grafen von Bogen. Es löste den schwarzen Hintergrund des Wappens ab. Marlec liebte seine neue Tapete, stimmten ihn die Farben doch gleich viel fröhlicher und wirkten wie ein Stückchen vom Himmel.

„Himmel, hilf!", denke ich, als ich mit immer noch staubtrockener Kehle beim „Franziskaner" um die nächste Ecke hetze und dort fast in ein paar Jugendliche hineinrausche. Im Rausch ist diese Gruppe zum Glück auch, aber nicht vom immer noch nach dem Bayerischen Reinheitsgebot von 1516 gebrauten Bier, welches demnach nur aus Hopfen, Malz und Wasser bestehen darf. Nein, diese jungen Leute hat das Jagdfieber gepackt. Wie viele Teenager sind auch sie für alles leicht zu begeistern, aber für nichts wirklich zu gebrauchen. Daher sind es keine echten Jäger mit gefährlichen Gewehren. Ihre Waffen sind ihre Handys. Damit werfen sie mit Hilfe des elektronischen Netzes imaginäre Fallstricke aus, um komische Taschenmonster zu fangen. Kein Mensch braucht die, aber jeder will sie plötzlich haben. Es gibt sie in allen möglichen Farben und Formen, mit und ohne Hörner, mit großen oder kleinen Zähnen, mit verschieden langen Haarkleidern und Ohren... Wenn sie nicht so bunt wären, könnte man sie tatsächlich glatt für Wolpertinger halten. Diese treiben ja bekanntlich bis heute in den bayerischen Wäldern ihr Unwesen. Im Gegensatz zu den Wölfen und Bären haben die Wolpertinger alle Ausrottungsversuche überlebt. Denn sie sind ungleich schwerer zu fangen. Dazu braucht man nämlich laut Überlieferung in einer Vollmondnacht einen Kartoffelsack, eine Kerze, drei bis vier Semmelknödel und ganz viel Geduld. Da Geduld die Stärke der Menschen von heute nicht ist, kann man auf dem Handydisplay gleich erkennen, wo der moderne Wolpertinger sich befindet und diesen ganz leicht virtuell einsacken. Obwohl ja keine Gefahr besteht, dass mich die Handyjäger für so ein Taschenmonster halten, muss ich doch auf der Hut sein. Wer fast über mich fällt, muss mich ja zwangsläufig bemerken. Daher setze ich mich blitzschnell neben einen Hauseingang. Denn wenn ich stillsitze und weder mit dem Schwanz noch mit den Ohren zucke, sehe ich nämlich sofort wieder aus wie eine Bronzefigur. Riesige Löwenfiguren gibt es in München an ganz vielen Orten, zum Beispiel an der Residenz, auf dem Siegestor, vor der Landesbank und vor der Feldherrnhalle. Eine Figur mehr oder weniger fällt da also nicht auf. Das ist mein Trick für wirklich brenzlige Situationen und der funktioniert eigentlich immer. Bis die Luft wieder rein ist, sitze ich also erstarrt da und beobachte mit tierischem Vergnügen das Treiben der Menschen. Gerade kommt die Nachtwächtertour vorbei, eine Attraktion für Touristen, die auf der Jagd nach schaurig-schönen Geschichten von früher sind. Für diejenigen Gäste, denen der Appetit hinterher noch nicht vergangen ist, gibt es bestimmt zum Schluss noch eine süffige „Maaaß" Bier und „Pretzeln" mit „Opatzta".

Ja, wenn man kein Bayer ist, hat man mit der korrekten Aussprache der kulinarischen Köstlichkeiten seine liebe Not.

„Weißwu_ascht" wäre leichter zu sagen, aber die gibt es mitten in der Nacht nicht, denn die gute „Weißwuascht" darf das „Zwölfeläuten" nicht erleben – und damit ist 12 Uhr am Mittag gemeint und nicht um Mitternacht.

Bereits Marlec und Otto zuzelten nach dem Zwölfeläuten keine Weißwurst mehr, aber damals machte die Sache in Ermangelung von Kühlschränken noch Sinn. 1253 schlug für Otto II. schließlich sein letztes Stündchen, zu welcher Tages- oder Nachtzeit weiß ich allerdings nicht. Ihm folgten im Laufe der Jahre unzählige andere Herzöge nach. Ich will dich nicht mit den vielen Namen langweilen, liebe Leserin oder lieber Leser, denn die Reihe erscheint unendlich. Wichtig ist jedoch Maximilian I., denn mit ihm wurde Baiern vom Herzogtum in ein Kurfürstentum erhoben. Auf der Seite der Löwen hatte nicht nur Servus seinen Vater Marlec im Wappen abgelöst, auch seine Nachkommen waren in jeder neuen Generation auf diesen Platz nachgerückt. Da sie alle miteinander verwandt waren und sich daher sehr ähnlich sahen, konnte man mit dem menschlichen Auge am jeweiligen Wappentier keinen Unterschied erkennen. Daher ist der Wechsel auch nie jemandem aufgefallen. Eine bairische Sternstunde erfuhr dabei Regulus. Er, der nach dem hellsten Stern im Sternbild des Löwen benannt war, durfte fellnah miterleben, wie Maximilian I. Joseph 1806 zum ersten bairischen König gekrönt wurde.

Es begannen märchenhafte Jahre in Baiern, in denen Schlösser wie Neuschwanstein, Linderhof und Herrenchiemsee entstanden, die bis heute Publikumsmagneten geblieben sind. Zusammen mit einem weiteren Ludwig I. begann 1825 auch die Herrschaft von Wappenlöwe Bazi, dem Sohn von Regulus. Doch seine Amtszeit dauerte nicht lange. Und das kam so: Ludwig I. hatte seit 1833 einen Bauwettbewerb ausgerufen. Er wollte auf der Theresienwiese ein patriotisches Denkmal errichten lassen. Vor allem aus Kostengründen entschied sich der König schließlich für den Entwurf der Ruhmeshalle von Leo (Nomen est omen?) von Klenze. Das ist bei uns ja immer noch die gängige Praxis bei der Vergabe von Staatsaufträgen. Von Klenze gab zusätzlich eine Skizze für eine Bronzefigur ab. Diese hatte eine große Ähnlichkeit mit der antiken Athene. Das gefiel dem glühenden Griechenlandverehrer Ludwig I. natürlich sofort. Lange Zeit hatte sich niemand mehr an so ein großes Kunstwerk herangetraut. Doch der König von Bayern (der griechische Buchstabe „y" fand ab 1825 Eingang in den bayerischen Landesnamen und verdrängte ab dann das „i") wollte es wagen. Letztendlich führte der Münchner Bildhauer Ludwig Schwanthaler zusammen mit der Königlichen Erzgießerei den Auftrag aus. Selbstverständlich wurde das stolze Bauvorhaben damals zu einem erfolgreichen Ende gebracht, im Gegensatz zu mancher Bauruine der Neuzeit. Und sollten die veranschlagten Kosten dabei die Kalkulation übertroffen haben, lag es bestimmt daran, dass die damaligen Handwerker weder über Taschenrechner noch über Computer verfügten, auch dies im Gegensatz zu heute. Dabei wich Schwanthaler allerdings immer mehr von der ursprünglichen Fassung von Klenzes ab. Daher wurde aus der Athene mit Lorbeerkranz schlussendlich eine germanisierte Bavaria mit Eichenlaubkranz.

Um die Wehrhaftigkeit des Landes zu betonen, schaffte auch der Löwe den Sprung auf den Sockel. Zumindest steht es so in den Geschichtsbüchern. Die Wahrheit ist allerdings, dass die Menschen damals bessere Augen hatten als heute, gleichwohl wenn sie zudem noch Künstler waren. So passierte es, dass Bazi eines schicksalhaften Tages beim Verlassen seines Wappens von dem Bildhauer beobachtet wurde und kurz darauf in eine von ihm aufgestellte Lebendfalle tappte.

Jetzt, liebe Leserin oder lieber Leser, hast du mich also ertappt und mein über 200 Jahre streng gehütetes Geheimnis herausgefunden. Ja, ich bin Bazi und ich war daher der Wappenlöwe, der nicht aufgepasst hatte. Herr Schwanthaler aber war von seinem Fang begeistert und so sehr ich auch brüllte und um mich schlug, er ließ mich nicht mehr frei. Stattdessen „fesselte" er mich wild entschlossen durch einen Bronzeüberzug. Dadurch bin ich sowohl erstarrt als auch verstummt, denn wenn du mich einmal genauer anschaust, wird dir auffallen, dass man mich vorsichtshalber mit geschlossenem Maul angefertigt hat. Wahrscheinlich hatte Herr Schwanthaler Angst, ich würde ihn letztlich doch noch beißen, was ich sicherlich auch getan hätte, wenn es mir möglich gewesen wäre. Anschließend wurde ich an der Seite seiner Bavaria platziert, wo ich auch 170 Jahre später immer noch anzutreffen bin. Nun kannst du dir also denken, warum ich so besonders vorsichtig durch die Gegend schleiche. So ein Fehler passiert mir bestimmt nicht noch einmal! Gott sei Dank war mein Sohn Shir bereits alt genug, um mich im Wappen zu ersetzen. Er legte sich auch bald darauf den Namenszusatz „Van" zu. Denn Shirvan bedeutet „Der den Löwen behütet", was er tatsächlich auch tat. Regelmäßig besuchte er mich auf seinen nächtlichen Streifzügen und jedes Mal versprach er mir nach einer Lösung für mein Dilemma zu suchen. Ich konnte ihm zuhören, aber nicht mit ihm sprechen. Das war wirklich zum Brüllen und betrübte uns beide sehr. Doch ungefähr drei Jahre später entdeckten wir in einer ganz besonderen Nacht ein ganz besonderes Geheimnis. Zum ersten Mal erlebte ich, wie Weihnachten und Ostern zusammen auf einen Tag fielen. Zum ersten Mal spürte ich damals, wie die Bavaria ihre Hand bewegen konnte. Zum ersten Mal erfuhr ich durch diese Berührung, wie das Leben in mich zurückströmte und wie ich wieder in der Lage war, den Sockel zu verlassen. Am Ende wurde ich dadurch mächtiger als ich es jemals zuvor gewesen war.

Leider sind auch die Mächtigen vor Torheit nicht geschützt. Und so schlich sich bei den Wittelsbachern zunehmend ein vererbter Wahnsinn ein. Das führte sogar dazu, dass der Märchenkönig Ludwig II. am 10. Juni 1886 für amtsunfähig erklärt werden musste und drei Tage später ertrunken aus dem Starnberger See gefischt wurde, der damals noch Würmsee hieß. Zwar hatte mein Enkelsohn Wiggerl noch versucht ihn vom Selbstmord abzuhalten, diesen jedoch nicht verhindern können, denn leider sind Löwen echte Katzen und ähnlich wasserscheu wie diese. Schlimm war dabei auch, dass der jüngere Bruder von Ludwig II., Otto I., von Anfang an regierungsunfähig war. Darüber wäre fast auch der Wiggerl narrisch geworden. Denn beinahe wäre diese Geschichte, die mit einem Otto begonnen hatte, nun mit einem Otto zu Ende gewesen. Zum Glück fanden sich innerhalb der Familie dann doch noch die zwei sogenannten Prinzregenten Luitpold und Ludwig, die die Amtsgeschäfte weiterführen konnten. Dieser Ludwig wurde 1913 sogar doch noch König. Fünf Jahre saß er als Ludwig III. auf dem Thron, als eine Friedenskundgebung auf der Theresienwiese am 7. November 1918 das Ende der Monarchie und den Anfang der Republik einläutete. „Bayern ist fortan ein Freistaat!"(26), lauteten die berühmtesten Worte des Revolutionsführers Kurt Eisner. Aufgeschreckt von den Ereignissen hatte Wiggerl den König nach langer Suche endlich bei einem Spaziergang im Englischen

Garten angetroffen. „Majestät, genga S`heim, Revolution is!"(27), warnte er ihn mehr als eindringlich. Und falls du nun, liebe Leserin oder lieber Leser, historisch bewandert bist und dir denkst: „Moment mal, das stimmt doch so nicht!", dann sei hier noch schnell erklärt, dass es nicht erst seit dem 21. Jahrhundert Fake-News gibt. Denn in einer Zeitungskarikatur war damals statt eines Löwen ein radelnder Polizist abgebildet. Der Augenzeuge der Szene wollte halt nicht als Narr dastehen oder dem Reporter nicht das Gefühl geben, dass er zum Narren gehalten wurde. Dass der König sich mit einem Raubtier unterhielt, klang ja auch schon wieder mehr als verrückt. Ludwig III. aber floh überstürzt zunächst in den Chiemgau, anschließend ins österreichische Anif. In München verkündeten daraufhin in den nächsten Tagen über die ganze Stadt verteilte Plakate: „Die Dynastie Wittelsbach ist abgesetzt. Hoch die Republik!"(27)
Leider ging die ganze Aktion letztendlich doch nicht ohne Blutvergießen ab. Die verschiedenen politischen Kräfte verübten unzählige Gräueltaten. Dabei wurde auch Kurt Eisner Opfer eines Attentates. Schlimmer als in einem wilden Rudel Hyänen ging es zu! Aber Menschen vergessen unangenehme Dinge sehr leicht wieder, denn viele von ihnen haben sowieso nur ein Hirn von 12 Uhr bis Mittag. Und so blieben vor allem die positiven Errungenschaften im Geschichtsgedächtnis dieser Zeit erhalten: Der 8-Stunden-Arbeitstag, das Wahlrecht für Frauen, die Aufhebung der geistlichen Schulaufsicht und der Beginn der Herrschaft des Volkes.

Bis heute hat das bayerische Volk seine Macht nicht mehr hergegeben, ganz im Gegenteil. Es ist ein besonders stolzer und traditionsbewusster Menschenschlag, der sich gerne als die Krone der deutschen Schöpfung sieht. Viele berühmte Erfindungen erblickten auf dem Weißwurstäquator das Licht der Welt, unter anderem der Globus, die tragbare Uhr, der Kühlschrank, die Jeans, der Dieselmotor und der Fußballschuh mit Stollen. Wörter aus anderen Sprachen brauchen sich die Bayern nicht ausleihen, denn auch hier sind sie unendlich schöpferisch tätig. Leider ergeht es dem bayerischen Dialekt so, wie dem Löwen in Afrika: Er ist in seinem Bestand inzwischen gefährdet. Denn über lange Zeit galt es als unschicklich ihn zu sprechen, man wurde sogar für dumm gehalten, wenn man es trotzdem tat. Zunächst hielten sich die oberen Zehntausend für etwas Besseres, wenn sie Hochdeutsch sprachen. Sie verboten ihren Kindern deshalb alsbald den Dialekt. Nach und nach sprang diese Unsitte auch auf Kindergärten und Schulen über. Inzwischen gilt es jedoch als wissenschaftlich erwiesen, dass durch das Sprechen von Dialekten das Erlernen von Fremdsprachen leichter fällt. Man muss die Art seiner Sprache eben an das Umfeld und die Situation anpassen.

Wenn die Bayern „Boarisch redn", dann bringen sie präzise und mit wenigen Worten alles genau auf den Punkt. Deftig ausgedrückt wird so z.B. der Mönch zum „Kuttenbrunzer", der Zahnarzt zum „Fotznspangler", der Besserwisser zum „Dipferlscheißer", der Vegetarier zum „Körndlfresser", der Nordic Walker zum „Steckerlhatscher", der Erzeuger einer Tochter zum „Bixnmacher", die Ohrfeige zur „Watschn" und jeder Nichtbayer zum „Saupreiß". Wenn die Bayern nett sein möchten, dann sagen sie zum König „Kini", zu ihrer Landeshauptstadt München „Minga", zur Bettgefährtin „Gschpusi", zu einem Schlitzohr liebevoll „Bazi" und zu ihrem vierbeinigen Freund an der Leine „Zamperl". „Der Sohn des Vaters" ist „dem Vattern sei Bua", denn auch im Boarischen ist der Dativ dem Genitiv sein Tod, sofern es einen 2. Fall in dieser Sprache überhaupt je gegeben haben sollte. „Uns gelingt alles, was wir anpacken" heißt kurz und bündig „Wer ko, der ko". Im Rest von Deutschland macht man sich auf diese Art jedoch nicht nur Freunde. Gerne schaut man daher von Norden herablassend auf die Seppeln in der Lederhose hinunter. Doch ein Blick in die Statistiken von Wirtschaft, Technik und Bildung genügt, um zu erkennen, dass Bayern in der oberen Liga mitspielt, nicht nur beim Fußball. Lederhose und Laptop passen hier gut zusammen und schließen sich gar nie nicht aus. Dass die doppelte Verneinung in Wahrheit eine positive Verstärkung bewirken soll, versteht sich dabei von selbst. Die bayerische Tracht ist bei genauer Betrachtung tatsächlich wunderschön und auch meine Bavaria würde im „Dirndlgwand" bestimmt „fesch", also hübsch, ausschauen. Man lebt gerne in Bayern und das Land erfreut sich regen Zuzugs. Über 13 Millionen Menschen wohnen inzwischen hier. Viele davon dürfen da arbeiten, wo andere Urlaub machen müssen, denn Bayern gilt nicht umsonst als das Tourismusland Nummer 1 in Deutschland. Neben viel Natur punktet das südlichste deutsche Bundesland auch noch mit einer Menge Kultur in beeindruckenden Städten und idyllischen Dörfern. Wenn du schon einmal hier warst, liebe Leserin, bist du bestimmt schon mit der Seilbahn auf der 2962 Meter hohen Zugspitze gewesen und auf dem Oktoberfest Riesenrad gefahren, bist durch den urwüchsigen Bayerischen Wald spaziert, bist bei Weltenburg durch den Donaudurchbruch und mit dem Schiff zu den Chiemsee-Inseln geschippert, hast dem berühmten Echo am Königssee und der wunderbaren Musik bei den Bayreuther Festspielen gelauscht, hast den Further Drachen erlegt, in Landshut die berühmte Hochzeit mitgefeiert, hast bei den Passionsspielen in Oberammergau der Kreuzigung Christi beigewohnt, in Rothenburg ob der Tauber mitten im August Christbaumschmuck gekauft und ... Wenn du noch nicht da warst, lieber Leser, dann wird es vielleicht einmal Zeit, denn mein Revier ist nicht nur ein Augen- und Ohren-, sondern vor allem auch ein Gaumenschmaus. Regionale Spezialitäten wie Schweinsbraten mit Knödel, Weißwurst, Schäufele, Karpfen, Bauchstecherln, Maultaschen, Bratwürstl, Radi, Obazta und Brezn erfreuen hier deinen Geschmackssinn. Dazu kannst du entweder eines oder mehrere der süffigen Biere aus einer der zahlreichen traditionell produzierenden Brauereien oder aber eines oder mehrere Gläschen der erlesenen fränkischen Weine genießen ...

Bei all der Pracht und Vielfalt verwundert nun wohl niemanden mehr der Ausspruch von Ludwig Ganghofer: „Herr, wen du liebhast, den lässt du fallen in dieses Land."(39)

Es ist ein tief im Christentum verwurzeltes Land, in dem man sich keinen „Guten Tag" wünscht, sondern „Grüß Gott" sagt – auch wenn man ihn nicht sieht. Seit Jahrzehnten regiert hier die CSU, die Schwesterpartei der CDU, die es sonst nirgendwo anders gibt. Wie Marlec damals, so stamme also auch ich quasi von einem „schwarzen" Kontinent. Das ist doch mal ein löwenstarkes Wortspiel, über das ich innerlich vor mich hin schmunzle, als ich erleichtert registriere, dass ich endlich am Ziel meiner nächtlichen Odyssee angekommen bin, am Prinz-Carl-Palais. Das Gebäude liegt zwischen dem Hofgarten und dem Englischen Garten und bildet so den Beginn der Prinzregentenstraße. Es ist der offizielle Sitz des bayerischen Ministerpräsidenten, der jedoch nur noch für Repräsentationszwecke genutzt wird. Vermeintlich, denn es ist inzwischen der Ort, von dem aus das Lebendige Rudel Einfluss auf die Geschicke des Landes zu nehmen versucht und auf den jeweiligen Landesvater (eine Landesmutter gab es bis dato noch nicht).

Der momentane Landesvater ist wieder einmal ein Franke. Dieser Tatbestand ist nicht ganz unproblematisch. Denn, wenn man es genau nimmt, handelt es sich bei einem Franken eben nicht um einen echten Bayern. Und hierbei nehmen es gerade die Altbayern gerne sehr genau. Ab dem 3. Jahrhundert vor Christus gründeten nämlich keltische Stämme im Alpenvorland erstmals befestigte, stadtähnliche Siedlungen. Nach dem Zusammenbruch der römischen Herrschaft bildete sich im 5. Jahrhundert nach Christus aus den vom Norden eingedrungenen Germanen und den bereits ansässigen und zugewanderten romanischen Kelten der Stamm der Bajuwaren. 555 nach Christus gab es erstmals den Beleg für ein Bairisches Herzogtum mit Sitz in Freising. Garibald I. aus der Dynastie der Agilolfinger war der erste namentlich erwähnte bairische Herzog. Dagegen verleibte sich das Königreich Baiern die fränkischen Gebiete erst 1806 ein.

Den Ministerpräsidenten stören diese historischen Fakten nicht. Er fühlt sich natürlich in erster Linie als Franke, aber gleich danach als Bayer. Er ist auf bayerischem Boden geboren und er ist gläubiger Christ, wenn auch ein evangelischer. Sein Herz ist weiß-blau und sitzt seiner Meinung nach am rechten Fleck. Und so ist er besonders stolz darauf, dass sein Bundesland nun schon seit über 200 Jahren ein Verfassungsstaat und seit über 100 Jahren ein Freistaat ist. Aber mit der Demokratie ging es in letzter Zeit immer mehr den

Bach hinunter. Als Folge versank seine Partei Woche für Woche mehr in einem Umfragetief, derweil auf der anderen Seite die Querdenker und die Neonazis immer mehr Zulauf bekamen. Die Krisen der jüngsten Vergangenheit sowie die betrüblichen Zukunftsaussichten drohten die Menschen an den politisch rechten Rand zu treiben. Zunehmend wurde das zu einer Zerreißprobe für die Gesellschaft. Wann und weshalb waren ihm die Zügel dermaßen entglitten? Wie und womit ließ sich der Karren wieder aus dem Dreck ziehen?

Seit den frühen Morgenstunden sitzt der gebeutelte Mann bereits grübelnd über diesen Fragen in seinem Büro am Franz-Josef-Strauß-Ring 1. Dies ist die feine Adresse der Bayerischen Staatskanzlei. Von hier aus wird das Land der Bayern seit 1993 regiert. Das Gebäude besteht aus einem steinernen Altbau (der sanierten Kuppel des ehemaligen Armeemuseums und den Arkaden des Hofgartens) und einem modernen Glasanbau. Der Anblick macht einiges her und die architektonische Kombination aus Alt und Neu weitet an diesem Tag vielleicht auch den Horizont des Landeschefs. Zunächst fühlt er sich elend. Seit vielen Jahren war er stets auf der Jagd nach dem nächsthöheren Posten, immer auf dem Sprung nach mehr Macht. Dabei tat er sich von jeher schwer, seinen Gegnern die Zähne durch Lächeln zu zeigen. Wirkt er auf andere deshalb oft so abgehoben, so arrogant und so schulmeisterlich? Ist er das am Ende wirklich? Für sein eigenes Gefühl eher nicht. Die Menschen in seinem Land sind ihm tatsächlich wichtig. Stets ist er bemüht, für sie das Beste herauszuholen. Warum glauben die Wählerinnen und

Wähler dann nicht, dass er die Zukunft des Landes nach bestem Wissen und Gewissen gestalten will? Natürlich gelingt ihm das nicht immer hundertprozentig. In der Vergangenheit war er schon in so manches Fettnäpfchen getreten und oft hatte er seine Klappe zu weit aufgerissen und Dinge versprochen, die er dann nicht halten konnte. Aber auf komplizierte Probleme und Fragen gibt es eben keine einfachen Antworten. Wie könnte er den Menschen das nur begreiflich machen? Er müsste unbedingt volksnäher werden und mehr Mitbestimmung zulassen. Demokratie wollte geübt und gepflegt werden, zumindest in kleinen, alltagsrelevanten Bereichen, die den Menschen trotzdem wichtig erschienen und sie wieder für die Politikgestaltung begeistern würden.

Aufgewühlt ruckelt der Mann nun an der Computermaus, die daraufhin sofort den Bildschirmschoner deaktiviert. Ein großer Löwe mit mächtiger Mähne starrt ihn an. „Versuche nicht wie ein Löwe zu brüllen, wenn deine Taten dem eines Esels gleichen!"(3) steht in großen Lettern darüber geschrieben. Es ist der „Spruch des Tages". Aber statt der erhofften Motivation weckt er nur einen gewissen Unmut. Zudem stört sich der „Bavarian Big Boss" an der falschen Grammatik. Er will die Seite schon wegklicken, da streift sein Blick gerade noch die unterste Zeile. „Mit ergebensten Grüßen - dein Wappentier" liest er da. „Ja, ja, schon recht", raunzt der Ministerpräsident sichtlich genervt. „Lern erst mal Deutsch, du blödes afrikanisches Vieh. Du bist ja noch ein größerer Möchtegernbayer als ich!" Und gerade in dem Augenblick, als er wütend mit der Faust auf den Schreibtisch hauen will, trifft ihn aus heiterem Himmel die rettende Idee wie ein Blitz. Sein Einfall ist so einfach wie genial. Modern statt traditionell, motivierend, preiswert und leicht umsetzbar. „Von wegen Esel, ich bin ein Fuchs!", ruft er zufrieden aus. Er dreht sich noch einmal kurz zum Wappen um, welches seit geraumer Zeit hinter seinem Schreibtisch an der Wand zwischen den Bücherregalen hängt, dann eilt er mit einem Seufzer der Erleichterung auf den Lippen und mit frischem Schwung zur nächsten Kabinettssitzung.

Außer Puste und kurzatmig platze ich in die laufende Kabinettssitzung des Lebendigen Rudels. Es handelt sich hierbei um ein geheimes Schattenkabinett: Niemand kann es sehen oder weiß gar von seiner Existenz - und es besteht aus einer ungeraden Anzahl von Löwen und einem Löwenkönig. Das klingt monarchistisch, ist aber mindestens so demokratisch wie ein Gemeinde- oder Stadtrat, denn nur bei Stimmengleichheit überwiegt die Meinung des Oberhauptes. Der Löwenkini ist gleichzeitig auch der Löwe im Wappen. Immer wenn ein Politiker nicht so tut wie er soll, wird er von ihm ins Wadl gezwickt. Unser aktuell inthronisierter Kini hat ein sandfarbenes Fell mit einer beeindruckenden dunkelbraunen Mähne, auf der die rote Krone seiner Vorfahren sitzt. Sein Name ist Muhackl. Das ist auch so ein bayerisches Wort und es bedeutet „ungehobelter Mensch". Warum ausgerechnet ein Löwe so heißt, weiß ich leider nicht. Allerdings hatte er schon als Kind so einen Ton drauf wie heute. Kaum keuche ich nämlich durch die Tür, da raunzt er mich auch schon an: „Wo bleibst du denn so lange?" „Ich bin so schnell gekommen wie ich nur konnte!", verteidige ich mich. „Um was geht es denn bitte, wenn ich höflichst fragen darf?!" „Die Löwen sind am Ende!", brüllt Muhackl erneut. Erschrocken rufe ich: „Was, steigt der TSV 1860 schon wieder ab?" „Hier geht es doch nicht um Fußball!", werde ich schroff zurechtgewiesen. „Oh, steht die Brauerei vor der Pleite?", rate ich weiter.

„Hier geht es auch nicht ums Bier!", knurrt der Löwenkönig und nun klingt er richtig gefährlich. „Um welche Löwen geht es denn dann?", frage ich erneut in Ermangelung einer weiteren Idee. „Es geht um uns, um uns Wappenlöwen höchstpersönlich!", geifert Muhackl wutschnaubend. Jetzt verstehe auch ich die Welt nicht mehr. Doch endlich erbarmt sich der Kini meiner und kurz darauf kenne ich die ganze bittere Wahrheit: Der Ministerpräsident hat zur Bekämpfung von Politikverdrossenheit einen Künstlerwettbewerb ausgerufen. Na, das kommt uns ja bekannt vor. Diesmal aber will er kein Ruhmesgebäude bauen lassen und auch die Bavaria soll kein neues Gewand erhalten – nein, diesmal wird gleich ein ganz neues Wappentier gesucht. Unter dem Vorwand, Bayern müsse moderner werden und bundesweit mehr Flagge zeigen, am besten natürlich gleich mit einer ganz neuen Flagge, ist man bereit, uns ans Messer zu liefern. Was für eine Watschn für das Wappentier! Wir können es gar nicht fassen: Nach den vielen Jahren und Jahrhunderten, in denen wir uneigennützig allen bayerischen Herrschern treue Dienste geleistet haben, heißt es nun einfach: „Schleich dich, Löwe!" Aber wohin sollten wir uns denn schleichen? Zurück nach Afrika? Nein, da kann man ja nur noch in einem Reservat überleben. In einen Zirkus oder Zoo wie Marlec? Nein, wir lassen uns nicht dressieren und nach der Pfeife eines anderen tanzen wir schon gar nicht! Aber in was für Zeiten leben wir hier? Und wohin soll das noch führen? Nachdenklich betrachte ich nun das aktuelle Bayerische Wappen. Für mich ist es das schönste Wappen auf der Welt.

Das liegt natürlich in erster Linie an uns Löwen, in zweiter Linie an seiner langen Tradition und dass sich hier jemand wirklich Gedanken über den Inhalt gemacht hat. Im nächsten Kapitel werde ich es dir so gut wie ich kann beschreiben. Jedoch ist unser bayerisches Staatswappen ein „staatliches Hoheitszeichen und damit dem öffentlichen Bereich vorbehalten. Daneben darf es nur zu künstlerischen Zwecken oder zu Zwecken des Unterrichts und der staatsbürgerlichen Bildung verwendet werden."(13) Wenn du es dir also tatsächlich anschauen willst, liebe Leserin oder lieber Leser, dann nimm bitteschön ein schlaues Buch zur Hand oder surfe durch das Internet.

Bereits Ludwig I. hatte den Gedanken, die Volksstämme Bayerns im Schild aufzuführen. Denn so wie wir Löwen in Rudeln leben, so tun das auch die Bayern. Daher ist das aktuelle Wappen immer noch in vier Segmente unterteilt. Das erste Feld links oben entspricht Marlecs ursprünglicher Wohnung. Es zeigt den goldenen Pfälzer Löwen auf schwarzem Grund und vertritt heutzutage die Oberpfälzer. Daneben sieht man im zweiten Feld einen rot-weißen Rechen für die Franken. Für die Nieder- und Oberbayern steht ein blauer Panther im dritten Feld. Das vierte Feld rechts unten ist golden. Die Schwaben fanden hier Eingang in Form von drei schwarzen Raubkatzen, die aussehen wie Löwen, jedoch eigentlich englische Leoparden darstellen. In der Mitte des Wappens prangt ein Herzschild mit 42 weiß-blauen Rauten. Das gesamte Wappen wird mit Unterbrechungen seit dem 14. Jahrhundert von zwei goldenen, rot bewehrten Löwen gehalten. Obenauf thront heute die Volkskrone, die die Königskrone 1923 ablöste. Natürlich ist das schwarze Feld im Augenblick leer, denn Muhackl steht neben mir. Jetzt gesellen sich auch die beiden treuen Schilderhalter Leo und Leu zu uns. Die Lage ist ernst! Da wird jeder Löwenkopf gebraucht! Die drei Leoparden und der Panther bleiben wo sie sind. Aus einem uns unbekannten Grund funktioniert bei ihnen der Trick mit dem Lebendigwerden nicht. „Wie soll die Alternative für uns denn ausschauen?", frage ich nach, als ich den ersten Schock überwunden habe. „Soll ins Bayerische Wappen auch ein Bär wie in Berlin oder ein weißes Pferd wie in Niedersachsen oder ein Adler wie in Brandenburg?" „Das fehlte uns gerade noch", jammert Muhackl. „Wo doch ein jeder weiß, dass der Bär ein Problemtier ist, ein einzelnes weißes Pferd für die moderne Zeit viel zu wenig PS hat und sich ein Adler recht schnell zu einem Pleitegeier mausern kann." Ein Blick auf Deutschland gibt ihm Recht. Die anderen Bundesländer stehen nicht so gut da wie Bayern. Ich bin mir ganz sicher, dass das an der heimlichen Arbeit von uns Löwen liegt. Unsere Tierkollegen in anderen Wappen scheinen dagegen eher Versager zu sein. Sollen wir solchen unser schönes Land zum Fraß vorwerfen? Nein, gewiss nicht! Wir haben die Schnauze jetzt gestrichen voll und fahren unsere Krallen aus. Da wirst du dir noch vor Verwunderung die Augen reiben, liebe Leserin oder lieber Leser, und unsere Damen und Herren Politiker ebenfalls!

Zunächst jedoch reiben wir Löwen uns vor Verwunderung die Augen. Muhackl hält nämlich die Mappe mit einigen der eingereichten Entwürfe in den Pfoten. Auf den Zeichnungen geben sich hier nacheinander eine Gams, ein Edelweiß, eine Kuh, ein Dackel und ein Wolpertinger die Ehre. Die anfängliche Verblüffung schlägt bald schon in Bestürzung um. Was es da zu sehen und zu lesen gibt, ist wirklich nur schwer zu ertragen. Denn die Wettbewerbsteilnehmerinnen und Wettbewerbsteilnehmer haben die Wahl ihrer neuen Wappentiere natürlich gewissenhaft begründet. Demnach stünde die hoch in den Alpen lebende Gams für Trittsicherheit und ginge bei Widerständen leicht mit dem Kopf durch die Wand. Das angeblich aus Tränen entstandene Edelweiß sei eine speziell im Alpenraum heimische Blume, die für die Bewahrung dieser einzigartigen Naturlandschaft stehen solle. Zudem verkörpere es traditionelle Werte wie Liebe, Mut, Treue und Gemeinschaft. „Bayernland ist Bauernland" prangt in großen Lettern auf der Rückseite des Entwurfes mit der Kuh, die über ein weiß-blau geflecktes Fell verfügt. Mit dieser abgekupferten Darstellung hofft man die Bedeutung der Landwirtschaft im Freistaat unterstreichen zu können. Der Landesverband der Hundezüchter wiederum schickt auf seinen kurzen, krummen Beinen den Dackel ins Rennen, weil er wie die meisten Bayern als dickköpfig und dennoch liebenswert gilt. Dagegen muss der Wolpertinger, der seit Jahrhunderten unbehelligt in den bayerischen Wäldern haust, plötzlich als Symbol für eine bunt gemischte Gesellschaft herhalten. „Da wackelt doch wirklich der Schwanz mit dem Löwen!", bricht es schließlich aus mir heraus. „Warum redet der Ministerpräsident dauernd über Artenschutz, wenn er dann ausgerechnet uns Löwen ins Gras beißen lässt und auszurotten gedenkt?"

Alle Mitglieder des Schattenkabinetts lassen traurig ihre Köpfe hängen. Dass meine Bavaria zukünftig ein Edelweiß in der Hand hielte, das wäre ja noch denkbar, auch wenn ich diesen Gedanken am allerliebsten in einem Stamperl Enzianschnaps ertränken möchte. Aber dass an meiner Stelle ein Wolpertinger neben ihr sitzen könnte, dafür fehlt mir ganz einfach die Vorstellungskraft! Und hieße die Brauerei dann „Gamsbräu" und der Fußballverein „Giesinger Dackel"?

Also, diese Gedanken verursachen mir dann doch Schädelbrummen.

„Hast du den Ministerpräsidenten noch nicht ins Wadl gebissen, um ihn wieder zur Vernunft zu bringen?", frage ich meinen Löwenkini. „Mehr als einmal", seufzt dieser und zeigt zur Bestätigung seine geöffnete Pfote vor. Darauf liegt ein großer, gelber Löwenzahn. Nein, keine Blume, sondern ein echter, leider etwas ungepflegter Reißzahn aus seinem mächtigen Oberkiefer.

Gedankenverloren reibt sich Muhackl die rechte Backe.

Gedankenverloren reibt sich der Ministerpräsident sein lin-
kes Wadl. Seit geraumer Zeit bereitet es ihm nun schon
Schmerzen. Zunächst fühlte es sich nur an, als hätte er Mus-
kelkater wie nach einer ausgiebigen Bergtour. Nur, dass er
auf keinem Gipfel gewesen war. Lediglich in einer Kabinettssitzung war er gewesen. Sie hatten sich seinerzeit auf die
Ausschreibung eines Malwettbewerbs für ein neues Wappentier geeinigt, was zwar in etwa so lange wie ein Marathon
gedauert hatte, deswegen aber wohl kaum als sportliche Be-
tätigung durchging. Das Ziehen im Bein wurde jedoch bald
überlagert von der Freude darüber, dass der Malwettbe-
werb in der Bevölkerung großen Zuspruch fand. Eine ganze
Flut von mehr oder weniger schönen Gemälden war in kür-
zester Zeit über das zuständige Ministerium hereingebro-
chen. Vor drei Wochen hatte sich das Kabinett schließlich
auf eine stark reduzierte Anzahl von Entwürfen für die
letzte Auswahlrunde geeinigt. Noch während der Abstimmung wurden die Schmerzen im Bein heftiger. Es fühlte sich
an, als wäre das Wadl ein Nadelkissen, welches jemand besonders sorgfältig neu bestücken würde. Fast hätte der Ministerpräsident laut losgejammert. Aber ein Mann in seiner
Position durfte keine Schwäche zeigen. Daher hatte er die
Zähne zusammengebissen. Am Abend hatte seine Frau ihm
lindernde Latschenkieferwickel gemacht. Und da er kein
wehleidiger Mensch war, hatte er die Angelegenheit schon

bald wieder vergessen. So kam es, dass der Ministerpräsident am Tag der Entscheidungsfindung – er beabsichtigte, seine Hand für die sturschädelige Gams zu heben (in der er sich persönlich sowie die Mehrheit der bayerischen Bevölkerung besonders gut wiederzuerkennen glaubte) – fröhlich pfeifend dem Sitzungssaal zustrebte, nur um kurz darauf mit einem lauten Schmerzensschrei zusammenzubrechen. Sein Bein fühlte sich an, als wäre es in ein Fangeisen geraten. Die Hose war zerrissen, Blut tropfte herab und färbte den Boden rot. Erschrocken rief eine überfürsorgliche Kollegin per Handy einen Sanker. Der Landesvater bekam vom eintreffenden Notarzt einen Verband angelegt, eine vorsorgliche Tetanusspritze verpasst und Bettruhe sowie Krücken verordnet. Die Abstimmung wurde von der Tagesordnung gestrichen und bis auf Weiteres verschoben.

„ >Aufgeschoben ist nicht aufgehoben<, das waren die Worte des Ministerpräsidenten, als er seinen ersten Schock überwunden hatte", erklärt uns Muhackl dumpf. „Könnt ihr euch das vorstellen? Meine ganzen Beißattacken haben überhaupt nichts gebracht. Der Mann ist zu dumm, um den Zusammenhang zwischen seiner Politik und seinen Schmerzen zu verstehen. Ich weiß mir keinen Rat mehr. Ich habe mir zwar nur einen Zahn ausgebissen, aber ich fühle mich als hätte man mir alle Zähne gezogen!" Für den sonst so wortkargen Muhackl ist das eine beeindruckend lange Rede. Und das macht uns von allem tatsächlich am meisten Angst. Sollte die Herrschaft der Löwen in Bayern so jämmerlich enden? Weidwund statt wild? Mau statt mächtig? Kläglich statt königlich? Nein, das will niemand von uns einfach so hinnehmen! Doch wenn von uns keiner eine rettende Idee hat, dann müssen wir uns eben Hilfe holen. Daher brülle ich im Brustton der Überzeugung: „Nicht verzagen, Verwandtschaft fragen! Ich werde das Steinerne Heer wecken!" „Das Steinerne Heer?", flüstert das Lebendige Rudel ehrfürchtig. Doch noch während dessen Mitglieder sich entgeistert und mich verblüfft anstarren, bin ich schon zur Tür hinaus und husche nun erneut durch die Dunkelheit. Das Steinerne Heer wird Rat wissen. Es sind ja schließlich unsere Könige der Vergangenheit. Als Shirvan merkte, dass es mit ihm zu Ende gehen sollte, wurde er wehmütig. Er wollte auf unsere liebgewonnenen

Gespräche nicht mehr verzichten und auf mich schon gar nicht. Deshalb hatten wir uns damals gedacht, dass das, was einmal aus Versehen funktioniert hatte, nun ein zweites Mal mit Absicht klappen könnte. Daher ließ sich auch Shirvan von einem ortsansässigen Steinmetz einfangen. Der vermeißelte ihn dann auch umgehend in eine große Marmorstatue. Alle Nachfahren von Shirvan ließen sich kurz vor ihrem Tod, getrieben von der Hoffnung auf ein mögliches Wiedersehen, auf die gleiche Art und Weise erwischen und versteinern. Mitgehangen und mitgefangen - das ist der wahre Grund dafür, dass in München an beinahe allen Ecken Löwenfiguren zu finden sind. Und denen werde ich nun nacheinander meine Aufwartung machen.

Zunächst führt mich mein Weg zur Residenz. Die vier Steinlöwen dort sitzen sich paarweise gegenüber und haben sich dabei fest im Blick. Jeder von ihnen hält ein Schild in der Pfote, dessen Symbol anzeigt, für welche der bereits erwähnten Kardinalstugenden eines würdigen Herrschers die Löwen stehen. Darunter befinden sich goldene Köpfe, die sogenannten Masquerons. Täglich reiben viele abergläubische Menschen über die bereits glänzenden Nasen. Das soll Glück bringen und gleichzeitig dafür sorgen, dass ebendiese Eigenschaften auf den Streichelnden übergehen mögen. Selbstverständlich verfüge ich als ehemaliger Löwenkini bereits über die genannten Charakterzüge. Ich habe auch nicht vor, über die Nasen dieser Masquerons zu streicheln. Ich küsse lieber ehrfürchtig die kalten Schnauzen der steinernen Schilderhalter. Denn das Steinerne Heer erwacht nicht so wie ich, wenn Weihnachten und Ostern zusammen auf einen Tag fallen, sondern ausschließlich durch das Bussi eines anderen Bayerischen Löwen. Daraufhin öffnen sie zunächst langsam ein Auge, dann das zweite, strecken sich umständlich und schütteln vorsichtig ihre Mähne aus. Anfangs knirscht es noch schaurig in ihren steifen Gelenken. Doch mit jedem Meter an Bewegung werden die Schritte agiler. In stummem Einverständnis folgen mir die frisch Auferweckten durch die Nacht. Erneut führt mich mein Weg zur Feldherrnhalle. Dort aktivieren wir gemeinsam den linken Löwen, den mit dem geschlossenen Maul. Seinen geschwätzigen Kollegen, den mit der geöffneten Schnauze, lassen wir dagegen rechts liegen. Er gilt als Preiß, ist durch und durch aus Stein, daher auch zu einhundert Prozent unecht und allein schon deshalb keiner von uns. Wir können die Unseren erkennen, ob sie aus Marmor, Stein, Bronze oder Gips sind. Kreuz und quer streifen wir durch die Nacht wie eine Armee von Zombies. Nacheinander wecken wir alle aus ihrem Dornröschenschlaf. Der Löwe vor der Landesbank will zunächst gar nicht zu sich kommen. Vermutlich träumt er von satten Gewinnen. Schließlich gibt er seine Aktienjagd dann doch auf und folgt uns nach, wenn auch etwas mürrisch.

Erst im Morgengrauen kommen wir alle abgehetzt und hechelnd im Prinz-Carl-Palais an. Bei unserem Eintreten verstummen abrupt alle Gespräche im Saal und eine ehrfürchtige Stille breitet sich aus.

Nach Stille sehnen sich die diensthabenden Polizeibeamten an diesem Tag allmählich auch. Seit den frühen Morgenstunden klingeln die Telefone in den Münchner Polizeistationen ohne Unterlass. Die Menschen melden unentwegt Diebstähle an allen Ecken und Enden der Stadt. Komischerweise scheinen es die Täter ausschließlich auf Löwenstatuen abgesehen zu haben. Spätestens als auch die Riesenlöwen bei der Bavaria, der Residenz, der Landesbank und sogar bei der Feldherrnhalle als vermisst gemeldet werden, ist klar, dass es sich hier weder um einen Streich noch um ein Kavaliersdelikt handeln kann. Der Reihe nach werden daher der Polizeipräsident, der Innenminister und letztlich der Ministerpräsident geweckt. Ungläubig lauschen diese den Berichten über die Vorgänge der zurückliegenden Nacht. Schweigend fährt der Landesvater nun durch die Stadt zur Tatortbesichtigung, so schnell es der allmorgendliche Stau zulässt, was also zwangsläufig eher langsam ist. Aber auch zu Fuß wäre heute keine flottere Alternative gewesen, denn der Mann ist aufgrund seiner Krücken unter die „Steckerlhatscher" gegangen. Die Stadt ohne Löwen ist ein seltsamer Anblick, befremdlich und leer. Der Mann an der Spitze der weiß-blauen Macht gerät ins Grübeln: Wer raubt Löwen? Aus welchem Grund? Gibt es hier eine tiefere Botschaft? Und zum ersten Mal spürt er, dass es zwischen den Ereignissen der letzten Wochen und den Schmerzen in seinem Bein einen Zusammenhang geben muss. Ja, er ist sich dessen plötzlich ganz sicher, ohne dass er den Grund dafür hätte erklären können. Konnte es sein, dass die Bayerinnen und Bayern doch mehr an ihrem Wappentier hingen als ursprünglich gedacht? Wollten sie nach anfänglicher Begeisterung am Ende nun doch kein neues mehr?

Der Ministerpräsident zermartert sich das Gehirn auf der Suche nach einer Lösung und einem Ausweg aus diesem Dilemma. Er wollte die Gunst seiner Wählerschaft nicht schon wieder verlieren. Und es wäre nur noch eine Frage der Zeit, bis seine Umfragewerte wieder in den Keller sinken würden, wenn er das Problem nicht bald in den Griff bekäme.

Auch die Bayerischen Löwen müssen das Problem bald in den Griff bekommen. Trotzdem begrüßen sich das Lebendige Rudel und das Steinerne Heer herzlich und ausgiebig. Lange haben sich die beiden Gruppen nicht mehr gesehen, zuletzt 1988 beim plötzlichen Tod eines Ministerpräsidenten und davor mehrmals in den dunklen Zeiten des Dritten Reiches, als durch die Gleichschaltung der Länder 1933 das bayerische Wappen verboten wurde, Deutschland samt Bayern 1939 einen Krieg anzettelte, wenige Wochen später das Attentat auf den Führer durch Georg Elser in München fehlschlug, schließlich im Mai 1945 die Kapitulation der Deutschen erfolgte und der bayerische Boden dem amerikanischen Sektor zugeordnet wurde. Angesichts dieser schlimmen Erinnerungen erscheint unser jetziges Problem plötzlich eher klein, doch stellt es eine große Bedrohung für unsere Existenz als Wappentiere als solches dar und gefährdet damit unser aller Überleben. „Ja, ihr habt richtig gehört", beendet Muhackl gerade seinen aktuellen Lagebericht. „Wir Löwen sollen aus dem bayerischen Wappen verschwinden. Damit sind wir nun auch in Bayern akut vom Aussterben bedroht!" Doch zur Überraschung des Lebendigen Rudels bleiben die Rufe der Verblüffung und Entrüstung auf Seiten des Steinernen Heeres aus. Gemächlich leckt sich Regulus über die arthritischen Pfoten, bevor er leise ausspricht, was er und das Heer denken: „Irgendwann musste das Ende ja kommen. Das ist uns schon seit dem Tag klar, als wir hörten, dass unserem Muhackl hier kein männlicher Thronfolger geboren wurde. Dadurch gehen früher oder später alle Herrscherhäuser zugrunde. Nun ist die Reihe also an uns! Das ist äußerst bitter, aber leider unabänderlich!" Wäre Muhackl ein Mensch, dann wäre er jetzt rot im Gesicht angelaufen vor Scham oder vor Wut. Niemand musste ihn an den Tag der Geburt seines Kindes erinnern. Niemals würde er das pure Glück vergessen, das er fühlte, als er den ersten Maunzer hörte und dann das tiefe Entsetzen, als er das Geschlecht registrierte. Sein Junges war eben kein Junge, sondern ein Mädchen, koa Bua, sondern a Dirndl. Dass er ein „Bixnmacher" war, ließ ihn dann aber doch nur im ersten Moment verzweifeln. Auf den zweiten Blick war er nämlich schockverliebt in seine wunderhübsche Tochter, die ihn neugierig mit großen, braunen Augen anschaute. Er nannte sie Sisi, wie die berühmte bayerische Herzogstocher, die sogar Kaiserin von Österreich und Königin von Ungarn geworden war. Auch seine Sisi würde es weit bringen, daran zweifelt er bis heute keine Sekunde, denn im Vergleich mit den Löwenbuben aus der Nachbarschaft schnitt sie bisher in Sachen Intelligenz, Mut und Umsicht stets deutlich besser ab. Und nicht ein einziges Mal in den letzten Jahren hatte ihn als Vater das Gefühl beschlichen, dass sie in der Rolle der Rudelführerin versagen könnte. Er würde sie mit seinem Leben beschützen, das hatte er sich dereinst geschworen und das tut er nun auch jetzt, als er entrüstet mit einer erneuten Sprechsalve losbrüllt: „Für diese dämliche Aussage hat sich Bazi die ganze

Nacht die Pfoten wundgelaufen, um euch von den Sockeln zu holen? Meine Tochter ist zu einer klugen Löwin herangereift. Ich bin mir sicher, dass sie eine gute Herrscherin abgeben wird. Außerdem residieren wir hier in der Königinstraße 1 und wir leben mittlerweile auch schon im 21. Jahrhundert und nichts ist für ewig in Stein gemeißelt!" „Wir werden bald für immer in Stein gemeißelt sein, wenn wir keine Lösung für unser Problem finden", springe ich Muhackl bei. „Wenn wir nicht mehr die Herrscher im Wappen sind, dann werden wir uns vielleicht nie wieder heimlich treffen können. Wir werden wahrscheinlich für immer erstarren. Ich bin ja auch wie ihr von gestern, aber eine Königin könnte ich mir durchaus vorstellen. Sogar ganz Deutschland wurde bereits jahrelang von einer Bundeskanzlerin regiert. Aus welchem Grund sollte so etwas bei uns Löwen nicht auch möglich sein?!" „Weil wir in Bayern sind!", antwortet einer der Residenzlöwen. „Weil in Bayern die Uhren schon seit jeher anders gehen!", ergänzt ein anderer. „Weil es für das Wort „Löwenkini" gar keine weibliche Form gibt!", fügt abschließend der Kollege von der Feldherrnhalle hinzu. „Ein weiblicher Löwenkini wäre ja wirklich ein Bild für die Götter!", schiebt der Landesbanklöwe noch nach, wobei er sich vor Lachen den dicken Bauch hält. Da geht plötzlich ein Ruck durch mich und die rettende Idee trifft mich wie ein Blitz aus heiterem Himmel. Wie vom Donner gerührt sitze ich da und traue meinem eigenen Gedanken fast nicht über den Weg. Sollte die Lösung wirklich so einfach sein? Sie wäre modern statt traditionell, motivierend, preiswert und leicht umsetzbar. „Na wartet!", murmle ich leise. „Euer Bild für die Götter sollt ihr bekommen!" Ich schnappe mir Stift und Block von Muhackls Schreibtisch und beginne zu zeichnen. Meine Zungenspitze schaut vor lauter Konzentration zwischen den scharfen Zähnen hervor und die Bleistiftspitze fliegt nur so über das Papier. Als ich fertig bin, halte ich meinen Entwurf demonstrativ in die Höhe, sodass ihn alle Anwesenden sehen können und verkünde feierlich: „Liebe Löwen, ich wusste, dass ein gemeinsamer Rat unsere Rettung bedeuten würde. Hier seht ihr den Wettbewerbsbeitrag der Bayerischen Löwen. Ich schreibe noch so etwas wie >So gelingt der Sprung von der Tradition in die Moderne< auf die Rückseite, dann muss Muhackl das Kunstwerk nur noch unter die Vorauswahlbilder schmuggeln und schon sind wir wieder im Rennen!"

Den anderen Löwen fallen beinahe die Augen aus dem Kopf. Sollte es wirklich so einfach sein? „Du bist genial! Du bist ein Bazi, Bazi!", schreit Muhackl wie befreit auf. „Wenn dieses Bild beim Wettbewerb gewinnt, dann sind wir tatsächlich alle gerettet."

Und ganz gegen ihren eigentlichen Willen sieht man auch die altehrwürdigen Herrscherlöwen zustimmend mit den mächtigen Köpfen nicken, während in ihren Herzen vorsichtiger Optimismus aufzukeimen beginnt.

Auch im Herzen des amtierenden Ministerpräsidenten keimt vorsichtiger Optimismus auf. Nach den Tatortbesichtigungen hatte er auf seinem Schreibtisch plötzlich einen sechsten Wettbewerbsbeitrag vorgefunden. Niemand wusste, wie er dort hingekommen war. Niemand wusste, wer ihn eingereicht hatte, denn ein Name stand nicht darauf. Aber er war durchaus vielversprechend und vielleicht der einzig mögliche Ausweg aus der verfahrenen Situation. Daher humpelt der Landesvater nun zum zweiten Mal in eine Entscheidungssitzung, bewaffnet mit neuem Mut und einem neuen Bild. Erwartungsvolle Blicke wenden sich ihm zu. Wie in einer Galerie werden die Kunstwerke aufgestellt. Man begutachtet und diskutiert der Reihe nach über die Gams, den Wolpertinger, die Kuh, den Dackel, das Edelweiß und das hinzugekommene Tier. Die Abstimmung findet im Anschluss in geheimer Wahl statt. Nach Auszählung der abgegebenen Stimmen ist klar, dass die Hoffnungen der Wappenlöwen und des Landesvaters nicht unbegründet gewesen waren. Bazis Zeichnung ist die haushohe Gewinnerin. Nicht einmal die Opposition würde diesem neuen Wappentier widerstehen können. Unter den Kabinettsmitgliedern macht sich Erleichterung breit. Der Ministerpräsident ist urplötzlich seine Schmerzen im Bein los. Er wirft die Krücken in die Ecke und beschließt auf der Stelle einen Spaziergang zu machen. Nicht um sein letztes Mittagessen zu verdauen, sondern die Ereignisse der vergangenen Tage. Energisch marschiert er los, ohne zu wissen, wohin sein Weg ihn eigentlich führen wird.

Sein Weg führt den Ministerpräsidenten geradewegs zum Tierpark Hellabrunn. Noch bevor er sich dessen so richtig bewusst ist, steht er schon vor dem Löwengehege. Eines der beiden Männchen erscheint am Wassergraben und brüllt sich die Seele aus dem Leib. „Schau, wie laut der Löwe brüllen kann und wie groß seine Zähne sind!", sagt ein Vater, der mit seiner Tochter vor dem Gehege steht und das Schauspiel fasziniert beobachtet. „Mir gefallen Löwinnen besser", entgegnet das Mädchen. „Warum?", fragt der Vater nach. „Haben die etwa schönere Zähne?" „Das weiß ich nicht", erklärt die Kleine keck, „aber erstens finde ich die Weibchen hübscher, so elegant und nicht so klobig, zweitens habe ich gelesen, dass die Männchen bis zu zwanzig Stunden am Tag schlafen und das ist ja voll langweilig, drittens sind die Löwinnen bei der Jagd so erfolgreich, weil sie sich eine Angriffsstrategie überlegen, sich absprechen und zusammenhelfen, viertens..." „Ist ja gut, ich habe es schon verstanden, Lea!", unterbricht sie der Papa amüsiert und streichelt ihr liebevoll über den Kopf. Lächelnd betrachtet der Landesvater die Kleine. Sie ist etwa acht Jahre alt, hat kluge, gletscherblaue Augen, geschwungene Lippen und eine niedliche Himmelfahrtsnase. Die blonden Haare sind zu einem dicken Zopf geflochten. „Forschen Mädchen wie dir gehört die Zukunft", denkt er und wird dabei fast ein bisschen sentimental. Er wirft noch einen letzten Blick auf die Löwen und beschließt, dass er für heute Feierabend machen wird. Daheim schenkt er sich ein schönes, kühles Glas Weißwein ein - das ist ihm als Franke lieber als ein Bier - und stößt mit seiner Familie auf das neue Wappentier an, das er in einer Woche offiziell dem bayerischen Volk vorstellen wird. Und irgendwie wundert er sich kein bisschen, als der Polizeipräsident gegen Mitternacht telefonisch vermeldet, dass alle Löwenstatuen, bis auf den Bronzelöwen bei der Bavaria, wie durch ein Wunder heimlich und unbeobachtet auf ihre Plätze zurückgekehrt seien. Mit einem Seufzer der Erleichterung murmelt der Ministerpräsident: „Danke, dass ihr mir eure Zustimmung signalisiert, ihr alten Schlitzohren!"

Weitere alte Schlitzohren findet der Landesvater, als er am Morgen im feinsten Trachtenzwirn sein Haus verlässt. Neugierig betrachtet er die beiden Steinfiguren, die sich mit erhobenen Pfoten rechts und links von seiner Haustür aufgemandelt haben. Dass es sich dabei um die Neurentner Leo und Leu handelt, weiß er dabei jedoch nicht. „Brauchen wir wirklich zwei demonstrative Wächter vor unserem Haus?", fragt seine Frau leicht irritiert. „Eigentlich nicht", antwortet der Ehemann seufzend. „Dennoch lasse ich sie hier sitzen, denn mit den Bayerischen Löwen lege ich mich nie wieder an!" Auf einmal erwacht diebische Vorfreude in ihm. Der Marienplatz ist voller Menschen, die sich zur Feier des Tages aufgebrezelt, also herausgeputzt, haben. Viele Mädchen und Frauen tragen ein traditionelles oder modernes Dirndl, bestehend aus Dirndlkleid, Bluse und Schürze. Eine auf der rechten Seite gebundene Schürzenschleife zeigt dabei an, dass die Dirndlträgerin verheiratet oder zumindest bereits vergeben ist, während eine Schleife auf der linken Seite den Burschen oder Männern signalisiert, dass die Frau noch zu haben ist. Dirndlgewänder gibt es in allen erdenklichen Farben, Lederhosen sind dagegen stets schwarz, grau oder braun. Manch ein gestandener Mann trägt sogar ein Charivari am Hosenlatz. Das ist eine robuste Silberkette, die mit Geldstücken und allerlei Jagdutensilien wie Hirschhornscheiben, Greifvogelkrallen, Gamshörnern sowie anderen präparierten Tierpfoten, -bärten und -zähnen versehen ist und die, wenn es sich dabei um ein Erbstück handelt, mehrere tausend Euro wert sein kann. Ein kariertes Trachtenhemd und eine Trachtenweste oder ein Janker runden das höchste Festtagsgewand ab. Und von der Enkelin bis zur Oma ebenso wie vom Enkel bis zum Opa wird der traditionelle Kleidungsstil gerne in tiefer Heimatverbundenheit zu solch besonderen Anlässen getragen. Heute blicken alle gespannt der Enthüllung ihres neuen Wappentieres entgegen. Kein Mensch hatte bisher als Maulwurf fungiert und auch nur eine winzige vage Andeutung gemacht, worum es sich dabei handeln könnte. Aber den strahlend weiß-blauen Himmel über dem ganzen Land werten die Bayerinnen und Bayern schon einmal als gutes Omen. Da beginnt die Blaskapelle endlich zu spielen. „Gott mit dir, du Land der Bayern...", stimmt die Menge freudig ein. Der stolze Ministerpräsident höchstpersönlich hisst die neue Flagge. Gespannt wartet er auf die Reaktion seines Volkes, doch die bleibt zunächst aus. Nervös und unsicher schaut er in die fragenden, stirnrunzelnden Gesichter. „Ha?", flüstert ein alter Mann mit Gamsbart auf dem Hut den kürzesten bayerischen Fragesatz und blickt sich verwirrt um. „Die haben dem Löwen ja nur seine Mähne abrasiert!", ergänzt sein Nachbar ebenso ratlos. Das zustimmende Gemurmel der Umstehenden sorgt dafür, dass niemand hören kann wie ein versteinerter Löwe, der vor einem Geschäft sitzt, raunt: „Ich hab ja immer schon gesagt, dass die Menschen nichts sehen, auch wenn sie schauen!" Wie du dir denken kannst, liebe Leserin oder lieber Leser, bin ich das. Muhackl, der auf der anderen Seite der Ladentür sitzt, nickt vorsichtig zur Bestätigung, hat aber selbst nur Augen für das neue Wappentier. Liebevoll und stolz blickt er dabei auf seine Tochter. Statt einer roten Krone trägt Sisi ein rotes Diadem auf dem Kopf und um ihren Hals hängt eine silberne Kette mit einem Edelweißanhänger. Kurz zwinkert sie ihrem Vater zu. Sie weiß, dass er nur ihr zuliebe den Platz im Wappen geräumt hat und dass er sich in der kommenden Nacht einfangen und versteinern lassen würde. Nur kurze, heimliche Begegnungen wären ihnen dann noch vergönnt. Plötzlich zeigt ein Mädchen, das auf den Schultern seines Vaters sitzt, mit dem Finger auf die Fahne und ruft: „Schau, Papa, wir haben jetzt eine Löwin im Wappen. Ich habe dir ja gleich gesagt, dass die Weibchen cooler sind!" Jetzt endlich erkennen es die erwachsenen Leute auch. Erleichterung macht sich breit und Applaus brandet auf. Viele werfen juchzend ihren Trachtenhut in die Höhe, denn das neue Wappentier ist das alte. Gott im Himmel sei Dank hat es nur ein anderes „Gwand". Da das bayerische Volk schon eine Schutzpatronin hat, kann es auch gut mit einer Wappenlöwin leben. Denn die Bayern sind bei weitem nicht so eingenäht und hinterwäldlerisch wie ihnen oft unterstellt wird. Hauptsache der Löwe an sich bleibt weiterhin im Wappen dahoam. Die beiden Wappenhalter heißen Leni und Luis. Und dass es nun ein Löwenpaar ist, erscheint den Menschen nur allzu gerecht. So mündet die Zeremonie nahtlos in ein rauschendes Fest, besser gesagt in ein rauschiges Fest, denn es fließen unzählige Maß Bier in die Krüge und durch die Kehlen der

Menge. Daher bemerkt niemand, wie sich zwei Löwenstatuen langsam in Bewegung setzen. Muhackl begibt sich schnurstracks zum Hof eines Steinmetzes und wartet auf sein weiteres Schicksal. Er kann mit seiner Arbeit sehr zufrieden sein, weil sein Wadlbiss den Ministerpräsidenten am Ende doch noch zum Umdenken gebracht hatte und weil das auch langfristig positive Nachwirkungen haben sollte. Denn zur Verblüffung und Freude der bayerischen Bevölkerung verwandelte sich der Landesvater von Stund an in einen deutlich umsichtigeren, verantwortungsvolleren und menschlicheren Politiker. Deshalb kehre ich nun ebenfalls zielstrebig und mit einem guten Gefühl auf den Platz neben der Bavaria zurück.

Bevor ich endgültig in meinem Bronzekorsett erstarre und verstumme, möchte ich mich von dir, liebe Leserin oder lieber Leser, verabschieden. Ich danke dir, dass ich dir meine Geschichte erzählen durfte und hoffe, dass ich dich dabei gut unterhalten habe. Solange bis Weihnachten und Ostern nicht erneut auf den gleichen Tag fallen, werden sich unsere Wege wohl nicht wieder kreuzen. Daher sage ich zum Abschied leise „Pfiad di!".
Meine Geschichte ist nun zu einem guten Ende gekommen, Geschichte selbst endet dagegen nie. Daher ist es wohl ab hier die Aufgabe anderer, vielleicht sogar die der Zweibeiner, diese Chronik für die Nachwelt weiterzuerzählen...

„Komm, Lea! Es ist längstens Zeit ins Bett zu gehen!", drängt auch der Vater am fortgeschrittenen Abend seine schlaue Tochter zum Aufbruch. „Servus, Löwin!", flüstert das Mädchen und schaut dem neuen Wappentier noch einmal tief in die Augen mit der schmalen, senkrechten Pupille.

Von diesem Moment an verweben sich auch die Schicksale von Lea und Sisi und ihrer beider Nachfahrinnen und Nachfahren für immer.

So ist es vielleicht nicht Schicksal, bestimmt aber mehr als Zufall, dass Lea zwei Jahre später in der Tageszeitung ihres Vaters den Mann aus dem Zoo zum dritten Mal erblickt. Auf einem Foto entdeckt sie ihn zusammen mit anderen Politikern, denen er stolz einen golden glänzenden Saal zeigt. Der Saal ist sehr lang und besteht aus 17 Rundbogenfenstern, denen gegenüber ebenso viele große Spiegel angeordnet sind. Den ganzen Raum entlang stehen riesige, mehrarmige Kerzenständer und vom kunstvoll bemalten Deckengewölbe hängen mindestens 20 Kronleuchter. Lea weiß nicht, wer die Leute auf dem Foto sind, aber sie erkennt den bayerischen Ministerpräsidenten sofort, ebenso den hübschen Spiegelsaal von Schloss Herrenchiemsee. Dort war sie erst in den letzten Sommerferien mit ihren Eltern gewesen. Mit einem Schiff fuhren sie damals über den Chiemsee auf die Herreninsel. Das Mädchen kam sich selbst wie eine kleine Prinzessin vor, als es aufgeregt zwischen den großen Brunnen auf das wunderschöne Gebäude zugegangen war. Der Märchenkönig Ludwig II., der ein glühender Verehrer des französischen Sonnenkönigs Ludwig XIV. war, hatte es ab 1878 als Kopie von Schloss Versailles errichten lassen.

Traurig fand das Mädchen während der Führung allerdings, dass „der Kini" viel zu früh verstorben war. Daher konnte er sein neues Domizil mit den prunkvollen Zimmern und diversen technischen Raffinessen nur zehn Tage lang genießen.

„Kann ich später einmal Königin werden, um in diesem schönen Schloss zu wohnen?", fragt Lea nun den Vater. „Nein, Königin kannst du leider nicht mehr werden, denn diese Zeiten sind lange vorbei. Aber du kannst Ministerpräsidentin von Bayern oder Bundeskanzlerin von Deutschland werden", antwortet der Papa schmunzelnd. „Echt jetzt?", überlegt die Tochter mit kugelrunden Augen. „Selbstverständlich!", erwidert der Vater mit Nachdruck. „Du hast doch ein schlaues Köpfchen. Damit kannst alles werden, was du willst, außer frech!" Dann kitzelt er sein fröhlich quietschendes Kind, bevor er plötzlich ganz ernst sagt: „Das ist die Wahrheit, Lea! Du kannst wirklich alles werden, was du willst. Die Mama und ich werden dich immer und bei allem unterstützen. Für dich soll uns kein Weg zu steil und keine Karriereleiter zu hoch sein."

Höher und höher war Lea seitdem auf der Karriereleiter gestiegen. Doch der Weg war steil und steinig gewesen. Angefangen hatte sie als kleines Licht im Gemeinderat eines Münchner Vorortes. Fortan hatte sie ihre Himmelfahrtsnase in alle nur erdenklichen politischen Angelegenheiten gesteckt. So folgte die Wahl in den Kreistag, den Bezirkstag und schließlich in den Bayerischen Landtag. Nicht durch den Einsatz von Ellenbogen, sondern durch Eloquenz und Elan war ihr diese Laufbahn gelungen. Nun also steht sie endlich am Gipfel des Bayerischen Olymps. Lange hatte sie auf diesen Tag warten müssen. Fast hatte sie geglaubt, dass er niemals mehr käme, bevor Weihnachten und Ostern nicht zusammen auf einen Tag fallen würden. Ihre einstmals blonden Haare sind inzwischen von grauen Strähnen durchzogen. Aber immer noch trägt sie sie am liebsten zu einem dicken Zopf geflochten, so wie auch heute zu diesem feierlichen Anlass. Eine bekannte Dirndldesignerin hatte extra ein sündhaft teures Kleid für sie entworfen. Es war bewusst nicht weißblau, sondern in Naturfarben gehalten, also in „Löwinnenbraun". In dieser Festtagsrobe war sie vor drei Stunden zur ersten bayerischen Ministerpräsidentin vereidigt worden. Und so wahr ihr Gott helfen möge – sie würde alles tun für dieses Land, ihr Heimatland. Nachdenklich fährt sie mit dem Finger über das vor vielen Jahren erneuerte Wappen, welches hinter ihrem Schreibtisch an der Wand zwischen den

Bücherregalen hängt. „Das verdanke ich alles nur dir, meine Löwenquini", flüstert sie leise, während ein siegessicheres Lächeln ihre geschwungenen Lippen umspielt. Durch diese kreative Verbindung von „Kini" und „Queen" hatte sich doch noch eine weibliche Form gefunden, auch wenn dadurch der Anglizismus letztendlich ein bisserl Einzug ins bayerische Sprachhoheitsgebiet halten musste.

Ernst und ausgiebig betrachten die gletscherblauen Augen das Bild. Am Schluss hat die Landesmutter sogar für einen Moment das Gefühl, dass die Löwin ihr zugezwinkert habe. Eine halbe Ewigkeit sind sie beide nun schon Gefährtinnen, zwei Rudelführerinnen mit maximaler Frauenpower. Ein Wadlbiss war in ihrer Beziehung bisher nicht nötig gewesen und würde es auch nie werden. Denn sie würden ab jetzt zusammen die Zukunft des Landes gestalten.

Es sollte auch noch lange Zeit nicht vorbei sein, es war ja gerade erst einmal **der Anfang**.

Und wenn sie nicht gestorben sind,
dann beißen sie sich bis heute gemeinsam durchs Leben.

Über die Autorin

Birgit Gebert-Schwarm wurde 1970 im Sternzeichen des Löwen in Schwandorf in der Oberpfalz geboren. Bereits als Schülerin hatte sie Spaß am Schreiben von Gedichten und Geschichten.

Nach dem Abitur studierte sie Lehramt an Grundschulen.

Als Lehrerin verschlug es sie zunächst ins Berchtesgadener Land, später in den Landkreis Traunstein. Seit vielen Jahren unterrichtet sie an einer kleinen Dorfschule im Chiemgau. Hier konnte sie von Anfang an ihrer Leidenschaft für das Schreiben gut nachgehen. Eine ganze Reihe von Schultheaterstücken sind dadurch entstanden, einige davon „auf Boarisch".

Gerne können Sie, liebe Leserin oder lieber Leser, unter den Suchbegriffen „Schuihofgschroa", „Unser kloane Zauberflötn" sowie „Löwenkini" googeln und einige Fotos und Filmchen bestaunen.

Für den „Löwenkini" war viel historische Recherchearbeit nötig. Das vorgegebene Musical verhinderte jedoch eine zu starke geschichtliche Ausrichtung. Dennoch war das Wissen ja nun einmal vorhanden und spukte im Kopf herum.

So kam es, dass sich die Geschichte zu diesem Buch ganz leise an Birgit Gebert-Schwarm heranschlich, um im Lockdown 2020/21 mit einem großen Sprung das Licht der Welt zu erblicken.

Bis zum fertigen Produkt dauerte es aber noch weitere zwei Jahre, in denen Zeit, Geduld und technisches Geschick von Nöten waren, ebenso wie familiäre Unterstützung durch Mann und Sohn.

***

Danke, dass es euch beide gibt und dass ihr mich auch dann noch im Familienrudel ertragt, wenn ich fauche, die Zähne fletsche und brülle, weil mich die Muse wieder einmal küsst.

In dieser Geschichte ist nicht alles erfunden.

Manches habe ich als „Eingeborene" gewusst, anderes hat mir Bazi verraten und weitere Fakten habe ich in folgenden Quellen recherchiert:

...über die Löwen im Allgemeinen:
-1 https://de.wikipedia.org/wiki/Löwe
-2 www.biologie-schule.de/loewe-steckbrief.php
-3 https://www.spruch-des-tages.de/sprueche/versuche-nicht-wie-ein-loewe-zu-bruellen-wenn-deine-taten-dem-eines-esels-gleichen
-4 https://www.spektrum.de/lexikon/biologie/linne-carl-von/39482

...über die Bayerischen Löwen im Besonderen:
-5 https://www.stadtspuerer.de/die-loewen-vor-der-residenz
-6 https://www.ovbonline.de/weltspiegel/bayern/loewe-nach-bayern- 8398748.html   *„Wie der Löwe nach Bayern kam"*
-7 https://de.m.wikipedia.org/wiki/Bayerischer_Löwe
-8 https://www.stadtspuerer.de/die-loewen-an-der-feldherrn-halle/

...über die Namen der Bayerischen Löwen in diesem Buch:
-9 www.desired.de/mami/vornamen/namensideen/afrikanische-jungennamen/
-10 https://de.wikipedia.org/wiki/Löwe_(Sternbild)

…über das bayerische Wappen:
-11 https://www.historisches-lexikon-bayerns.de/Lexikon/Bayerisches_Wappen
-12 https://www.bayern.de/freistaat/wappen-flaggen-und-hymne/staatswappen
-13 https://stmi.bayern.de

…über andere deutsche Wappen und andere Wappentiere weltweit:
-14 https://www.geo.de/magazine/geo-magazin/1159-rtkl-geo-weltspiel-der-zoo-der-wappentiere
-15 https://de.wikipedia.org/wiki/Flaggen_und_Wappen_der_Länder_der_Bundesrepublik_Deutschland

…über München:
-16 https://de.wikipedia.org/wiki/Oktoberfest
-17 https://www.bayern.de/staatsregierung/staatskanzlei
-18 https://www.muenchen.de/sehenswuerdigkeiten/orte/120391.html (Prinz-Carl-Palais)
-19 https://www.muenchen.de/sehenswuerdigkeiten/orte/120453.html (Bavaria)
-20 https://de.wikipedia.org/wiki/Bavaria
-21 https://www.muenchen.de/veranstaltungen/oktoberfest/oktoberfest-guides/geschichte.html
-22 https://www.stadtvogel.de/einzelpersonen/details/mit-dem-nachtwaechter-durch-muenchen.html
-23 https://www.muenchen.de/sehenswuerdigkeiten.html

…über die Geschichte Bayerns:

-24 www.heraldik-wiki.de/wiki/Geschichte_Bayerns
-25 https://de.wikipedia.org/wiki/Liste_der_Herrscher_Bayerns
-26 https://www.wir-feiern.bayern/geschichte/100-jahre-frei-staat/
-27 https://www.sueddeutsche.de/muenchen/100-jahre-frei-staat-bayern-revolution-schauplaetze-1.4199230 „Majestät, genga S´heim, Revolution is"
-28 Georg Elser (1903-1945) - Biographie - Person | ZbE (zu-kunft-braucht-erinnerung.de)
-29 Wilhelm Störmer: Die Baiuwaren – von der Völkerwanderung bis Tassilo III., Verlag C.H. Beck oHG, München 2002
-30 Georg Lohmeier: G`schichten aus der Geschichte – Bayern von der Steinzeit zu Stoiber, Verlag Langen Müller, 1997

…über bayerische Sehenswürdigkeiten und Traditionen und den bayerischen Dialekt:

-31 https://www.stmwi.bayern.de/tourismus/
-32 www.chiemsee-inseln.de
-33 www.chiemsee-alpenland.de
-34 100+1 Fakten, Das muss jeder Bayer wissen, Verlag Baedeker, 2014
-35 https://bar.wikipedia.org/wiki/Spruch:Boarische_Spruch-sammlung
-36 https://www.stern.de/neon/heimat/sprache-kultur/dialekt--warum-er-cool-ist-und-gefeiert-werden-sollte-8114176.html
-37 https://www.sueddeutsche.de/bayern/mundartforschung-in-muenchen-wird-das-bairische-spaetestens-2040-ausgestorben-sein-1.3759316
-38 https://bar.wikipedia.org/wiki/Woiperdinger
-39 https://beruhmte-zitate.de/autoren/ludwig-ganghofer

-40 https://www.bayerisches-bier.de/bier-wissen/bayerisches-reinheitsgebot/
-41 https://de.wikipedia.org/wiki/Alpen-Edelweiß
-42 https://www.bayern.by/erlebnisse/stadt-land-kultur/bayerisches-brauchtum/bayerische-tracht/
-43 https://de.wikipedia.org/wiki/Charvari%28Schmuckkette%29

Zeitfracht Medien GmbH
Ferdinand-Jühlke-Straße 7
99095 Erfurt, Deutschland
produktsicherheit@kolibri360.de